内观集

余史炎 著

陕西新华出版传媒集团
太白文艺出版社

图书在版编目（CIP）数据

内观集／余史炎著．--西安：太白文艺出版
社，2022.12

ISBN 978-7-5513-2316-1

Ⅰ．①内… Ⅱ．①余… Ⅲ．①诗集-中国-当代

Ⅳ．①I227

中国版本图书馆 CIP 数据核字（2023）第 000585 号

内观集

NEI GUAN JI

作　　者	余史炎
责任编辑	曹　甜
封面设计	书香力扬
版式设计	书香力扬
出版发行	陕西新华出版传媒集团
	太白文艺出版社
经　　销	新华书店
印　　刷	成都兴怡包装装潢有限公司
开　　本	880mm×1230mm　1/32
字　　数	80 千字
印　　张	5.75
版　　次	2022 年 12 月第 1 版
印　　次	2022 年 12 月第 1 次印刷
书　　号	ISBN 978-7-5513-2316-1
定　　价	48.00 元

如有印装质量问题，可寄出版社印制部调换

联系电话：029-81206800

出版社地址：西安市曲江新区登高路 1388 号（邮编：710061）

营销中心电话：029-87277748　029-87217872

目录

CONTENTS

◇ **第二辑 削皮的苹果**

◇ **第三辑 落日的比喻**

◇　**第四辑　灯光里的思想**

◇ **第六辑 从南方经过**

◇ **第七辑 合乎绝望**

◇ 第十辑　折叠真相

第一辑

此在即美

内观集 NEIGUAN JI

夜航船

所见，内心幽静的一角，尚存微光
一盏深夜点亮的灯，是你的声音
低沉，辽阔；细微，若水
我想把我们的时光折叠成船
在夜里航行，赶往日出的海岸
让更高的光芒在内心燃起
我要和万物谈妥，别打扰我们
交换词语，正在生长着的笃信

此在即美

这座城，日子踩踏着日子
路基坚固，却一次又一次地重修
一切都在，更新迭代

人到中年，晃荡了半世的情怀
难免有些握不住抽象的人间
闲来坐在自己的空旷里，等你

敲门——微笑——低下眉头
此在，我轻轻叫了一声：菩萨
默念经书里的欢喜

信

对一片树叶说亲爱的
显得有些暧昧
我尽量不说，只是捏在手里
那样就舒服一点
那样就可以想着将来的事
那样就有了一树的美好

合十

那年头站在城门外遥望
沉默着。楼外楼，山外山
有朝着我的帆船

在想要转身的城门里
仿佛掉落一片喜悦
黄金般的深秋就这样了结

空空荡荡的人间
呼喊，也只有物理的反馈

姆蓝雪山

我的高原荒凉，一片混沌
人事交集着的坡度有些危险
这些日子总让我羞愧
镜子未能获知自己的形象
反射，一种物理和哲学的纠缠
就如打扮得好看的桥，迷人的楼
以及打开的窗户
站在那里说话的人
幸福是否也总带重量的流失
我亲爱的
海拔不是一种可信的高度
洁白伴随着寂静、冰冷
那是神的沉默
以及圣地的沧桑

海洋性季风气候

我慢慢地不懂得憎恨
似乎就这样习惯了外界的一切动荡
会莫名地为一只流浪猫而悲伤
甚至，时常发笑。而我的过去一片空白
就像天空蓝得发疯
我曾获得在街道上行走的快乐
在江畔阅读过忧郁
更好的样子，是不是有永恒的遗忘
再往深处走下去，是不是就有一生的黄昏
而更深的黑就能让我悟透光明

不合时宜

到了一定的年龄

就不应该再说带着暧昧的语言

比如，风知道绿叶的想法

雨在为心爱的人哭泣

那些少年的话语

怎么可以如此轻浮

当审视这一切的时候

我估计还会是个孩子

会逐渐对许多事物产生兴趣

但不会去触碰

大人们折叠是非

只会安静地看云聚云散

保持一切从未开始

也从未结束

空空荡荡

享用着漫天寂静的欢喜

人近中年

睡前安抚它

我愿意和想给你的

夜里入梦时

春天泛滥成灾

醒来时

你同样也要安抚它

让所有的结局

只有你和我

我在关好门窗

让陌生人

和误入花丛的蝴蝶

停留于单纯的境地

路中

我遇见的每个人
都是一座庙宇
我还在外面等待
那个出来接我的菩萨

短句

1

一群语话要化于文字
站在大地上
土地替其完成语音
名为意义

2

一棵老树
他们赋予对仗
日月
当意念为自己发声
人便抵挡住了热闹

3

我遇见一个可爱的人
论道时
论及美人
他说最伤心的事是：
美人
怎么可以老去
美
怎么可以
也会老了

4

我也把时间安在眉目间
转动的影像
好看
和葬礼的悲恸之后
台上静默的鲜花

5

他抑不住人群

她抑不住人群

哎

抑不住一只蜜蜂的危险

也不知身为蜜蜂的甜

肩膀上空无一物

我有时

也像朵枯萎的玉兰

就有点痛

上师笑着

有点儿痒

6

庙宇不遥远

坐下来

把形的门、音的门、性别的门

都虚化

就有一座峭壁

危险

又幸福

7

经历过寂静

把身体分成若干种景物

都会传来

各种声音

染上各种颜色

和天海照应

8

有没有一行诗

放在海洋里就能窥见整个海洋

拨开眼皮

就是我们

在无声中倾听

在无色中任运而行

无限扩展

等同欲望膨胀

像太阳之外的太阳

9

一阵风吹过

一只鹿走过

其实

确切地说

深秋了

咚的一声

听，是触动

还是慈悲

10

这是什么

等待

是你嘴角的微笑

一瞬间

晚秋南方的落叶

复制着悲伤

又像往年一样

我和你

究竟有没有听见

智慧的虚空里

确定的坐姿

第二辑

削皮的苹果

内观集 NEIGUAN JI

执于此境

对风景有所期待

每次的旅游仅存于计划

正如我已经习惯从名字

造出瀑布、彩虹和月亮

并停止所有想望

我不能说出这秘密

嬉笑怒骂的花丛里

蜜蜂沉迷短暂的劳碌

江南

是的，缺失吧
你还想我怎么造出过去
我只是一路走着
病弱地站着的杨柳
站在杭州西湖边
灯红酒绿的老石凳上
冰冷地坐着柔软的听众
说起远古的崖坡
有即将枯萎的胭脂

幻象

我会把你当孩子

并深爱

被贩卖的青春

你不一定要遇见我

疲怠的

绝非不同寻常的事件

而是你曾失去秩序

期待食物

形式与色彩，与宇宙

相悖的艺术

耳鸣

已经混乱了
就存在于舞台中央
角色如何转换
把影子的痛苦存下
让形体游戏
于他者的真实
在爱欲的过程中
滋生茂盛的痛苦
是谷川俊太郎
正在被削皮的苹果

静坐

我坐在莲池旁

你守在月影下

亭子不具备典范意义

商品在流通

地摊商贩又在吆喝着

你对我

这种声音的原本

又一次虚构

今天的所有

秋天也许就要老了

你还怀疑我不爱你

而我的键盘

都准备好

敲打一树的樱花

你到我的园子里

四处走走

我爱着你

就像我认为

各怀鬼胎的事物

湖中摆着深度的无聊

故土

已经很久了

我要让自己停下来

看看你

再看看书

翻到最后一页的时候

风起

可见长发飘飘

少年之间

只有爱慕

于白天所见

于星空所想

我还想着

怎么发出这样响亮的唱诗声

在这么闷热的夏

还有那寒冬的过往

借助春秋的力度

成群的词语

仿佛都是蓄谋已久

又仿佛

每一个人都有一个光环

在他活着的场景

一年又一年

静静地又响亮地

失去微笑

不相称

普基廖夫的眼底

露出从不缺席的色彩

女孩的美

在低眉的忧伤里

与将要腐朽的男人

在各种冷漠的神情里

活生生地

存在，而这个世界上的唯美

重复着上演

观众看得津津有味

莫奈"日出"

应是一瞬间闪亮着的迷离

大海的眼里照见遥远的色块

沉淀下来的随意、零乱

正像交集着的相逢

无力揣摩过往

于是，水柔软地幻化

便有了个人对事物新的认知

呐喊

喜悦于交谈眼之所见

心之所向

被遗弃的听见之内

我站在外面

看见自己

就害怕起风云

行人

而我，爱上向世界道歉

画上发现的面孔

拼凑出灵与肉的形状

词语之外

炎热中退下七月的夜晚
静谧的缺陷并不明显
这是因为穿过身体的血液
像一条河流一样让人们热爱
流过荒芜，见证繁华
都存在于人们的言语之中
而无言的存在正是其永恒
赞美悲伤或哀悼喜悦
都抵不住精神的生长

假期的酒

看，云从窗外经过
看那面胜利的旗帜
那里存在着高傲与激情
来一杯酒
一瓶酒
一整夜的酒
白天都消解了
你在使唤谁的身体

停顿

城市中筑起的楼房
车辆行走于规则
文明在夏日的典籍里
更加明亮

乡村放罢于童年
脚步停栖在田野
歌声是风掠过
荔枝园里的绿叶

我是个怀旧的人
时不时
仰望星空
那些遗漏的光芒

会让我去看河流中
水那细微的颤抖

落日的比喻

时间节点

已经好久没去理发了
头上有报告、方案和对家的愧疚
它们日夜兼程，把日子过得花白

光活着是不够的
还需要一点白色的浪花

泊

从此，漂泊的水和舟
就是山下的小和水面的阔
一茬一茬的人事如潮
来了也就走了
在虚与实之间，有的生，有的灭
笔墨所到之处，非疼痛即安宁

田间

谁在这个上午的怀里
谁的土地盛开百合
谁见鸿雁当空
谁为劳拉哭泣
贝亚德丽丝，你还在
接近中午的这一首诗里

中年画

把自己画轻一点

想走就走

把自己画憨一点

想笑就笑

再抽象一点

画出灵魂的形状

像极了爱情的模样

孩子

她们清澈原谅
这世界熙熙攘攘
匆匆就走了
土地无话可说
抓起
春天跌落的树叶
那么轻
又那样喜欢微笑

情景

试想我的形状

车开往来世的炉膛

请你别来送我

我怕你会伤心

而我

忍不住又要多活一辈子

读诗记

仿佛黑夜有了寂静的喧闹

如若我沉默

一定是在别处与你热烈地交流

像万物仰望星空

回应它们的是遥远的星群

"而我会觉得幸福

因那不是真的而觉得幸福"

凡所有相

本来我是想成佛的
我贪恋佛陀的庄严清净
现在，我改变主意了
我贪恋人间青草的味道

工夫茶

在城市里
忙于生计，还有些小秘密
就是想想你
想想你
我就把茶泡得慢一些、静一些
就回到了乡下
点亮老屋的煤油灯
看摇摆着的往来

灯下人

让我低下头，重新做一个害羞的孩子
从他人那里获得荣光
让我接近尾声，又有个后现代的开场
把自己遗弃又把欢愉拾起
生长着的，本来也正在消失

念亲辞

我坐在这里祭拜

把我带到世间的光

和我，失去的疼痛

那个十一月末

在最后的时辰里

我相信您一定听我的话

做我正在休息的母亲

我相信您在家山沉眠

那里有喜欢的风景

再过些时日

我就到山上去看看

给您除一除青草

谈谈老屋门前，我指着云

编的那个落日的比喻

冬至日

我为坟墓梳理她的头发
想把脸贴在墓碑上
看看灵魂的笑容

阳光照在南山怀里
孩子仰面捧出了一抹光芒

灯光里的思想

内观集 NEIGUAN JI

繁霜鬓

我以为从今之后可以朴实无华
像草木一样真诚地青，真诚地黄
之所以相遇是因为不相忘
我不愿意有今生未尽之来生
我不愿意绛珠草面对神瑛石
毫无意义的日子，将就些许意义
我不忍心看着落英缤纷
你在雪中挑拣半片的花瓣

月中旬

为什么醉酒

无法寻找掌纹的轨迹

安于孤寂的夜

像一盏煤油灯

生和活都是时间的跨栏

总有些过不去的

伤筋动骨

再喝一杯游丝般的黑暗

低着头笑谈

醉醺醺的半生月光

谁都无法说清楚风雨

各自坐在自己的际遇之中
阴天有些事不言而喻
有些事理所当然
我们无法立即活在暮年
只能看着头发在风中凌乱
徒手抓一把裤腿茫然失措

念如是

把夜坐透了，并非迎接光明的到来
乡下群星颤抖的此刻，与他相距太远
这些似乎充满希望与接近真相的悖论
无非是他还一个人面对漂泊
夜空中他还未曾感知到世界的寂静
时间将他包围，藏在他体内的词语
又试图在他处登陆。而相对于瞬间
他更愿意，一个人坐在孤寂里
让这里，因为他的存在而长久地真切
事实也如此，他觉得自己能形容当下

失眠曲

车马喧嚣，是不会停止的
我看得见夜的关节咯咯作响
未知的一切其实早已到来
我坐在自己的沙发上看海
我想不出需要什么，厚棉衣
薄外套，还是一个平常的词语

算算我与星辰的距离
看肉身如春之花蕊
接受这人流中转向的声色
以及被赠予的人间
我看着你们笑，请把我放轻一些
让我看看孩子，让我再忙碌些

一切总会好起来的
你看大海的忧郁
咆哮着的天空的蔚蓝

广场角

灯光里的思想是犹豫的火在低头
在黑暗的时间里它也给不了光明
在这城市角落里的角落
事物本来就有自己的规则和去向

人来同杂草共生，人去随灯影无形
那些年恐慌总是来源于无明之境
无非生动有趣的灵魂摆渡黄泉
无非瑟瑟发抖的躯体游离人间

这样的夜包扎着的春天是卑微的
可什么时候都无言，无语
只知道火非光，人非物，事非常
也是来往所应

难陈词

把一切安放下去
蒲公英在身体上发芽
生长着的种子，枝干和叶
"不应有恨"
没有一种生活是不劳累的
半夜的雨止不住车声
你看暗黑的楼外
我长在废墟上
已然是半生的尘土

天泽履

我直视一杯茶
从今以后再也没有多余的期盼
木做的茶几一声不吭
或许他们都经历了一生的漂泊
或许流水收起灵魂的翅膀
儿时的蜜蜂又在过去的花丛中
儿时的甜并非精打细算
我在漫无目的地度过余生，一夜
一杯茶的光泽已经消失
我说走，在漏出的空白里头

事故

早上起来转凉了
时间是六点五十分
手表的秒针蹦出自己的轨迹
我知道分秒必争的日子
已然逝去
挂在风中凌乱的上午
人的形态各异
每一种临时存在的影像信息
都有一团黑暗的色彩
都有几个很慢很慢的瞬间

入夏

夏在皮肤里已经很久
未遇见的植物突然冒出来
我们正值茂盛
现在燃烧着存在
化为乌有的来生
依然会有萧瑟的秋晓
莫提人世真相
一阵糊涂一阵清醒
这个季节的舌头
因无知，迷恋言语

雨霖铃

半夜里不知道是未眠还是醒来
雨声爬满玻璃窗户
编辑部铁箱后的铁床僵硬的一夜
装满暗黑而不可触摸的事物
一时想不清楚通往外面的途径
关在门内的柏油路和大运河
车马劳顿，船帆往来
都是清明时节未成熟的想象
保持着仰望的姿态
形成一种新的惯性，流动着
生长的翅膀和双脚
那些年的雨水是否也这样缠人

婚恋论

那该多无聊啊

与世俗的一切尘埃纠缠

没有人来关心

绽放的辽阔。静好正在死亡

沉默，还是喧嚣的指尖

痛，游戏在他们的眼角

奢侈的青春年华

触及繁华落尽

无法把自己与衍生分离

这个狰狞的男人

善良地笑，故作深沉

他语言的田园

在打盹，恍若隔世

你想寻找一种轻的文字

你想在城市里开荒

你还想，在这里流亡

预言身外的苍穹

偏头痛

坐在茶水里

窗外机动车喧嚣过后

右脑壳里仿佛有物件撞击着

当偏头疼成为一种习惯

一边宁静的湖泊

另一边翻涌的大海

我喜欢如此麻木的时间

偏爱深沉地说禅

偏爱一秒一秒地

把自己归于多余

雨中曲

雨下满清晨有月亮的左眼
这些神秘的聚合在铺排十指
享受拿捏时光的快感不再回头
去看村口的榕树下褪色的风景
这使得他总觉得灵魂可有可无
别人看见他挤出的笑容浑浊
生活从不让一个人安于大地
在尝试飞翔的日子并未得到透彻
而这些都是与生俱来
远离人们的苦难，名非苦难
接近生命的欢乐，名非欢乐
早已习惯了病痛、忙碌、分裂
怀着对人世的热爱。每一个日子
都值得一提。雨水在这个上午
一滴一滴，流淌干净
他低头遇见光明，抬头

从未拒绝接踵而来的黑暗
他懂得有些事物这样生长着
长出芽，结出缺乏情绪的果

小说

旅程太长，有些风景就乏力了
在成人的世界里可以继续享用时光的
总是那些漂泊的灵魂，而所有的安稳
也都为居无定所的过客所属
黄昏再度重逢，早晨的那枚太阳
有谁还回忆一生？从来没有人会
为自己的谢幕献花，没有人知道
为什么坐着也会满身尘埃
为什么遇见的熟悉也终究陌生如冰
是的，我们看着风景
不自觉地置身历史的废墟之中
与不确定的自己相对无语

三垢

为何无休无止？时光里的声音形成的方向
落日已经让我们回归宁静，你看见的眼
所不愿与愿意的物象，所逃离又触及的光
隐秘的一部分，羞于言语的睡眠和镜子
眷恋最柔软的黄金甲，最坚硬的望江楼

晚安

他的偏头痛又开始将身体里的螺丝钉拧紧
坚固的四壁垒起的形象，肉眼所见的虚无
他在丈量着业的重量，以及各种假设
是的，容器啊！种下的苦难，痉挛的幻象
除了佛陀，这个夜里还能碰触到什么
还要等多久才能不贪恋名为欢喜的笑
可要知道，他的双手差一点就接近了仇恨
这是他要走的路，无明之中善良的囚徒

无明从窗外拥抱你的喜悦

过去的，看着她流逝
水对笑容的期待也就这样
一生尝试各种拼搏，无力挽回
爱人啊
山坡上的杂草，坟茔偶然的蔷薇

喊着你，回头吧
不应该用尽毕生的孤独
还不够真诚？分享神的意志
身体支离破碎地随意生长
当你说爱，我已经爱了很久
那陈年的青春
一片一片落到如今的酒杯
仿佛大海深刻的蓝
仿佛草原之于无边的绿的蔓延
仿佛你不曾来过

我确信，曾看见、遇到
事物的死亡。我未知我的从前如何
坐在云中，在夜里遇见
无明从窗外拥抱你的喜悦

第五辑

月亮的手镯

内观集 NEIGUAN JI

一阐提

这是美丽的

我迷恋深夜十二点后放下的酒杯

我迷恋生活

生活很美，饭菜很美

机器很美

财富和情感很美

交易和撕裂很美

我看我的时候，一切都很美

如花遇见自己

云白遇见海蓝

能醉的时候，酒也只是陌生人

陌生人，你也很美

赞美诗

许久没有诗是美的
赞美茶水
赞美你爱的人嘴角上的味道
赞美眼睛
赞美一见钟情的荒谬
我这首诗也不准备赞美

有情众生
都在红尘里一厢情愿
我情愿
寂静欢喜。从不孤独

读后感

我，喝着阳光的人

从未来去获得现世的愉悦

"岁月是褐色的，你的头发并非如此"

我歌唱黑色的深邃

也歌唱灰白的透彻

所有的灵魂都应该被赞美

我祝福阳光

以及向着阳光生长的存在

我将继续微笑着

热爱你们，赞美你们

像对待一场盛宴

安顿好万物的笑容

我沉默

最美好的事，无非看见花开
还有日落时分，散发着芬芳的荣光
这些静谧着的匆忙，我在阅读
智慧的微笑，此非国家与民生的艰难
我确信没有一个灵魂是不优雅的
一路走来，所有的根本
都生长着色彩的语言

请允许我再一次重复话语，因活着
肢体有形，我不能不说出秘密
万物仍缺乏词语去表述生命之实
我只能说我爱，我爱，我爱在零点
打开土地之门，有生之年的逝去
将发生的墓穴。我爱拒绝一个

面对着我而低头的神祇和法令

歌唱之时，黑夜停下来

高高在上，无所适从

内观记

不必说宁静了
所有的静都是内心所造
阳光照在阳台上的茉莉花的脸上
闻到她的香气
我分裂出来的形状
像一朵又一朵流浪的云
这个白色的早晨
还会是寂静的境界吗
你，或者我体内
是不是刮起了撩人的风

谈修行

我思考着让一片云
从你的心中飘过
我想要此生通透
与你在虚空的蓝色里
在盛开的莲花旁

仪式感

见你来，我就不走了
有些风景还要看看
有些爱还要谈谈

请允许这一首诗的直白
我说七月里什么都好
火热的天
总有静下来的路
总有一些简单的仪式

比如：采一缕花香
让一切移动得更缓慢些
然后，让风景靠着我
像我搂着你那样静好

少年谣

我爱夜的波光柔软细腻

我爱上桥上的楼阁多情

我爱佛陀慈悲庄严

我爱你嘴角轻轻上扬

我爱这个世界

每一个庸俗的自在

和迷惘的自知

献诗

月光都不如你在我面前
她只不过是借着太阳的背影

我开始迷恋你认真的样子
独自面对上帝在花间舞蹈
坐在抽象的现实中转身微笑

借以一切正确来歌颂你
给你太阳的皇冠
月亮的手镯

哪怕我在名为虚空的世界里
卑微而无视万物
这时，仰望的神圣献给你

我吻过一朵白云

当人们沉睡的时候，大地苏醒
我幸福呢

可为什么你来得那么迟
这抽象的相聚
在飘，在诚实地摇摆

"一到夜里，死亡到我的床边
跳舞"
噢，收藏着人间的肖像

今晚，依然有光影陪伴
我看见的天空且蔚且蓝

乱如丝

本想着，自己苍老
酒醉在花间的单一
醒来一个人
甜美如遗忘，幸福近绝望

问

朵拉·马尔
说你
灵魂的海洋上有花的愿望
描绘祖国版图的轮廓

告诉我
身体的边界
和灵魂的寓言

我可不怕你笑
我早想到了统一
和你一起

与陆地上的苍茫，沧海的变幻
和天空莫测

或寂寞

或忠诚

你覆盖我突兀的言语

我深爱你按下的音符

寂听

让我稚拙的爱于世俗的边缘笑出花的种子
愿你美好
愿我绽放
愿我们一起在凋谢之时承认过错
愿我们用柔软和碎片证明存在
我听，你又在怀里又在星空之上、人间之背
一个微笑，一个杜拉斯的低眉

任何喧嚣将归于宁静
我不告诉你，我之外的存在
均为存在与虚无，由我告诉你
比我确定
比你恍惚

我来照顾你

给我们的祖国、家园，大的一面，小的一方
好好施肥
生长的绿，老去如花暗藏的雾霾
我要你盛开，与众不同

现在，你是我日夜的经幡
我讨厌光问何时归返
你正是：云起时的弗里达

慈航

有你在听，我
的悲欢便不会落幕

我学会了歌唱
于是，从你内心那些河流
经过了的细微的幸福
每一片都是你名字的形状

献给你
亲爱的，我的灵魂睁开了眼睛
献给你
唯一和最后的真诚

这片土地上
我将会是最后一棵树
我要比你漫长

继续守望着晨星

晚霞、夜风

那都是你的微笑

那是我爱的

我要爱得比你更长

更遥远

像星光从遥远的空间里

照见大地的悲欢

歌颂

她是我最爱的火炉

无法囤积柴草

我爱听这音乐，噼里啪啦

会感受真正的温度

这种热，祖国的召唤

自私的欲和偏执的温柔

晚安

真的

这样

晚安

像秋天于无所适从之中

那些自然的教诲

我是这般愚蠢

……

青海湖的蓝

更多的梦幻

那些从我身旁经过的油菜花

离开的时候

让我想着又要回到动荡的未来

我便多么希望

可以不再续写日子

我把一切藏在青海湖

油菜花的金黄里

把一些话放在

近处的花开半夏

爱着远处的蔚蓝成灾

从南方经过

金钱树

他最爱黄昏一盆静谧的金钱树

金钱的向往只是一种假设

他爱上美好的人相互馈赠的绿

无论什么时候，仿佛都有日光

让生命更加轻盈，使其获得抽象的珍贵

劳碌，又有什么值得感叹的

那无非是一场面对外界的意外

他失去争辩的同时，对细小的事物

他爱得清澈，面对降温的五点半

一盆生长着的，一树爱着的

用尽时光中所有善良的想象

沉默

胜于用言语在怨妇面前舞蹈
她已经有了自己的逻辑
以此来获得奇异的体验
我将从这里安静地出售信仰
接受初冬爬满掌心的阳光
不再充满危机，为无常而沮丧
风一样无家可归
树一样把双脚深入大地

春将近

小城里的春节，有声音接近
我尝试着以遗忘的方式接受新生的事物
天空侧脸于深蓝与白

多少年来，风起的时候
听了无数的怨言，燕子
只是从南方经过

在街上

我尽量不表现出伤感
从自己的影子里走出来
凝视
身上那些坚硬的骨头
看到山，看到山
看到人间
看到你，心就软了

局外人

我把今天又过得快了一些
此疫固执
正是这种趣味，经历了
不规律的成长和灵魂的摆动
确实，继承了的人类
会有些际遇不适合隐喻
使生命更直截了当
这胜于遗忘与多情

然而，我似乎不适合优美
包括哭泣的样子
送给我们的花，也开了
不只一朵，请都留在心中
或欢欣，或痉挛

何其悲欢

时间休憩，他人在顺行
莫非阳光造就影子，落下沉寂之美
来往成像，爱情生长于此
生于情之花园，理的地狱消失
静止便无他，动荡无形却有你我
雪山之巅，星光之弱
我知此生的天空邈远

话画

能说的我似乎画不出

敲响嘴唇

让词语化成声音

摸着线真实的纹理

光滑的触觉

处于一种编造的认同

我似乎不觉得还要说些

光鲜的构图

请说出疼，舌头和喉咙……

女儿的话

以雕塑的形式
坐入每一处虚空之中
奔跑的马
静坐的僧人
将获得的荣耀放下
摆放的器具
有开始的风景

成就了艺术
你爱恨之间
总有翻涌而来的风云
大雨滂沱
很美，谁都不会说话

咏叹调

可惜我们还是各自面对饥饿
不知道蓝色包装盒子里的曲奇
什么时候才能尝到甜

我只有歌唱，伤感的只是风
催促城市枝头的叶子
落在街角，像我人间的纯粹

短歌行

1

我正是如此卑微！
我保证我的心跳里有悲伤的节奏
我在风中也会微笑着倾听杨柳弯腰
我坐在瘦马之上看月色拥抱夜的栈道

我不会歌唱，我把心放在了耳蜗里

2

谢谢！
我愿是最后一个坐在酒瓶里的液体
随着颠簸流动
甚至破碎成一声意外

3

描述晨光

看他们思索，微笑

从万物感知经络和血肉的蕴藏

看透黄昏

热恋的夜色和自由的歌声

哎！这错综复杂的

要么笑声里的魅惑

差一点真相就被说出

4

去往道场的衣物

还在夕阳底下，像一辆救护车

我想她会送我曼陀罗

我感觉光照，有色的呼叫

时间里都开满了爱欲

我们笑

城市的装饰也在笑

5

绿的堤上

洋溢着陌生……

这就是曾见过水在流

宣读彼此内心的

还有降临交通和从他人那里

获得的格律

6

毕竟

宁静是关起门来

听那曾感伤的半滴春晓

背后是夜

它的记忆犹如失窃的遥望

虚词行走，人若真如

谁非谁的心爱之物

但愿

我爱上短暂的火

让其获得纯真的赞美

7

边城，误入聚集之魂
才是我孤寂之伤

温驯。走向你。留下
厮打着
在冥思中完成固执的青海

徒步

我忧愁

恰似一切不确定

我喜悦

在夹缝之中望见光

我静默

阅读青草长于时间的呼吸

我存在于另外一边

灯下

溪边

山腰

对不起，我愧对

这暂时的土地

海水

叩响虚幻的回音

月下

那些肺叶始终有些成熟

怀疑美

赞美运作的获得

让我似乎有些

落于风撼动的不安

请原谅我是个不懂得欣赏风景的人

请原谅，我害怕细微之处

苍老的心脏需要搭桥

那是某种渴望

而不是真正的共同时间轴上的生长

和怜悯

但你要听

夜里来客，烛光如天下的孤独

一声叹息

戏剧里上演的众生平等

合乎绝望

府学旧地

这些文字
应该拿着刀子刻在时间的肋骨上
当你疼痛
儿童便不会唱起虚妄的歌谣
那些午后安静的火焰和灰烬
便苏醒在受了伤的黑夜，和白天进行
期望和遗失之间的怀念

天空，早已伤痕累累
想是远去的新楼台，日光下
在被火烫伤过的
被恩宠的荒野和被厌弃的今夜

潮州大道

手指上的夜
我想用指尖的细腻弹奏些什么

雨有自己的柔软和喧嚣
大道的灯光俗气
许会迷倒一些红尘里的唯美

我开着车从右边过去
经历了一次开始
后来，又从其左边返回

夜晚更深，手指越显软弱
想敲响一些音符

惧怕起湿漉漉的质感
相机与风景偶遇的可能

美术馆

时间会默认建筑和它的内心
夜晚的花朵
绽放在灯光的城市

身着盛装赴约的物品
文字和规则

大厅巍巍，敞开胸怀
拥抱
尘土中央举着旗帜的声音

光影交错之地
她会撕破镜中月

住宅区

爱过石头也爱过树木

以及那些离开了的事物

爱过自己清贫的无知懵懂的青春

一直都在坚持孩子的任性

这天气

选择性地忘记一些事物

包括居住地

身份识别

还有遇见我和有生命的没有生命的

我都知道你们

充满祝福

包括今天下了不止一场雨

每一滴水

想捧在手里

都深陷其热爱的丛林

值班

究竟还是要从暴雨的湿润中走出来

天黑了我就没法看清气象

美术馆里此刻还有修理设施的师傅在走动

没有人告诉我值班是否可以结束

坐在这里能够望见窗外天空如墨

桌上的金钱树与我对视

我觉得对它而言我显得龌龊

只是现在我们彼此都在虚度光阴

一切都会陷入深深的沉默

可以让一切罪行得到无声的惩罚

那样是否会让夜幕裹出一个

可以接受审判并得到安息的理由

忏悔论

毁掉一个年纪的安分

你逐渐在打量自己的内心

童年打伤的小白鹅

折断了门口的五叶梅

还有秋天赌气扯断线的风筝

现在的白发、老花眼、关节疼痛

都还不够表达

完整的世界里那些欠下的旧账

于是，我仍然无法豁达

偶尔还会低下头

想起你

想对世界说声对不起

我知道这抵不上内心的病变

因那时真的是病入膏肓

我喜欢

身边陪伴的是调皮的猫
也可以是忠诚的狗
当然它们一定要可爱
这样我就可以无所顾忌地闲谈
我们之间无秘密可言
也就说些荒诞的真实
说曾喜欢过一个虚有之人
也热爱落日带着悲伤
甚至看着亲人消失于人间
自己也曾暗暗发过宏愿
写过一些没有意义的诗句
还有此刻
我忍不住要逗逗猫儿
抚摸一下小狗的头
我又似乎记起什么
遗忘了某种结果
当下无所隐藏·

美术课

这种，言语中生长着的艳红的疱疹
我赞美辽阔的世界，与时间较劲纹理
我的草原没有停止生长的欢乐方格
与同类共存，看他们飞翔着挣脱的网
我的欢乐，也就是我认同的错过了的
应该告诉他们我的苦难
或许，我喜欢上线条的虚无
心中的透视，摆设着迷人的罪

空对月

就像还没能听见

让我信服的高于土地的生灵

我沉醉于疯癫

看他们热情拥抱

停留在表演的境地

还不能在戏台上享受

真正的观众

能握手交谈语言之外的认同

翻出时间的遗骸

周身繁衍着的尖锐与毒素

这些都是我遇见过言语的芬芳

和远离他们的标杆

正如孩子问起超市柜子里

她吃过的麦芽糖：

"这是什么东西"

我知道她并非不懂事物的名称

指向的是甜蜜的生活
似乎这个比喻又未曾
合乎绝望的孤身所处

知晓

因缺乏丑恶的勇气，我陷入一片祥和
住在低海拔的潮州看愚昧的上空
层级的山峦上风推动着云的舌头
他们难免造就风雨，来洗清罪名
像一面兴奋的旗帜
里面的每一个背后，都深藏因果
试图掩饰世俗的宽泛，虚若山川颂歌
我说不出这个世界
真的没有变好起来。这靠海的土地
令我不忍说出天气、雨伞和行人
唯有感激奔涌而来的人声鼎沸

黄砂田村

我所写的这一首诗里
有我童年的全部
把车子开得深入一些
消解倦怠了的夏天
流水从山的胸腔中
往低处诉说
在站立着长草的屋顶
月亮望着人间的宁静
我们走动着
此处便是全部的安宁
我愉悦的非因此景
我们一路追寻着
热爱过的那些熟悉
犹如我们一路
往拥挤之处求着故事
发生的超脱

一座刻有文字的桥

我没记录下来

溪里的鲤鱼

它们有游动时的色彩

这让我想起

我们在时间里

以远方之名

或一切的名义推动的

仿佛是

在此中遇见的青蛇

我们害怕

人类也只是一场意外

绘就的颜色

记忆是，记忆是

一次偶遇

在树的生长过程中不断扭曲

如我强大得在此时

忍不住赞美

还要说出遗憾

真的，我为什么会短暂地

不怀疑

所以要纠结的是：

这里之外的意义

这个夏天之后

水、鱼、老屋、长草、蛇……

会不会冬眠

这里存在于

这明亮又暗淡的星球

小城内

一个人的潮州
夜，什么都装不下
我知道
与博大的距离还很远
只不过沉浸在无常里
多情和未知

护城河

在成年的城墙下
我的心生长着云
风一来所有的白就散尽了
在夜里疲倦的岸上
看灯光浮在水的身体里
我才把所有的爱
放在手指尖上
仿佛拿捏着具体了的光
即使黄昏也会丢失
白昼过得匆忙

合理占有

无定论

我肯定：

我耗尽一生的才华来摒弃文明的赠品

赋予青山绿水的命运

理解人间风花雪月的疾苦

流经大洋之水失语的艰辛

我暂且：

身为人类之于万物，必定有忧郁

像灵魂一样

安于有形而接受一生动荡的柔情

土地的痉挛

月亮的骨头

众神的谬误

人们的偏执

我发现：

语言之于自然规则

在放生地，见祭鳄台

我行走在边缘不需要任何疆域

稍等，孩子请别急于命名

蓝天之下

倚着背景蓝，我愿打开中国红
追寻墨迹的广阔

在火中，在宁静中燃烧的孤独
怀抱着热烈的而纯净的流动

像一个孩子聆听祖国
像一滴水融入滚烫的年华

还有些小秘密：在海边
在山上，在遥望眼底的清澈

我书写，笔的温度
怀抱颜色里的拾掇着事物的形状

喜欢这样固执的人们

在偌大的事物中保留名称

我是真的喜欢啊！以至
活跃着，敏感于色彩、镜头

游《山海经》，绘《洛神图》
倚着灯下，悦读星汉

每天的死亡催促每天的生长
文字都像黑发于生息的茂密

我愿，梳理这人间的发型
进入我的疆土合理占有

去西藏

本来想一路上写写诗

玩至得意忘形

我就什么都忘记了

记得在高原喝啤酒

倒是有种向着死亡升天的快感

在海子山下

我感觉积雪的山尖

有点颓废

甚至是冷酷到底

使我对于这次旅行

进行了一次怀疑：

神圣仍然有其阴暗的部分

直至结束十几天的放纵

回到低海拔的潮州

朋友怀疑我的行程

说我怎么没有变黑

我才照一下镜子
内心慢慢熄灭了妄想
我就只记得
原来还有这么一回事
还是两回事
真的

布场

一个事件

重复多少次排练

就有多少人

深陷其中的荣耀

我其实不想排练

一只好奇的猫

定然对一只死老鼠失去探索的兴趣

舞台的艺术

还有顺序

倒过来阅读就会遭遇更多

突发的悲哀

听得见掌声里

仍自然地抱有时间飞逝的期待

无境不虚

这真是天大的趣味

看月光的裸照

怀古

可总还是看见当代的服饰

千万种单调

风情二字

说出鬼书写的秘密

影子都在告诉肉眼

我用过锄头对土地的真诚

他们对光的错觉

不停地说自己楚楚动人

我听你们的

就只是声音而已，声音只能靠耳朵获得
假如有人失聪
他感受的只是色彩，以及触觉的传递
假如失明
所有的光都在外面
假如我只是我
我的内心还有一双感知冷暖的眼睛
夏天到了
烈火会渴望灰烬一般凋零
也必然将僵局解剖

人近中年

越来越芜杂

疲惫中落下的暗

才让我偏爱微弱的光

我害怕

再度降临的愉悦

又要瞬间

返回庞大而凶狠的白茫茫

日常之下

我喜欢唱出悠扬的词

时间的怀抱拥向我

她也懒得听

城里花草树木的颜色

于是习惯

雕塑的形状

听海的女儿追逐

看罗刹女直白而又隐晦的笑容

和自己谈论性别之间的缺失

第九辑

谁的本意

内观集 NEIGUAN JI

灯下的书桌

在我的房间里
书是我喜欢的
爱着的烟灰缸也是我的
女儿送的
照顾着这染上了的陋习

似乎他们都没有必要存在
并非出自诅咒
车与空气的碰撞
那种声响是艰难的
以至于阿赖耶识表现
在春夜的温暖
产生各种执

我其实都全然满足
而又深陷其中

我的心越来越小

注意到大雨

落在变黑的街道之上

这多么愚蠢。我来不及说出

就错过了

制造许多眺望

然而，从来

都没有来过的

属于我的灯影

翻开书本的内衣

顺便读起秋天的诗句

在爱中，我就爱着

不是所能见到的

或赠予

琐碎之于漂泊

是不属于未曾终止的

久违清水味道

致猫灵

这个世界那么轻

光在那里

想一想那些肉体的交集

用心

可假设的陆上

可曾下海

究竟有没有为了生存

踏在地上

顾及

那么小的生灵

一瞬间的幻觉

若熟悉的想象

时刻都在生物的

自习课堂上

日月同辉

当我谈及黄昏的美景

错过午后之后

我不得不承认

诱惑之中的庞杂

看起来如此简单

地震、台风、闪电的巧合

忽然就明白了

刚刚经过的车辆

如此失控

高速的声响

孩子的感叹

又独在自己的天空里

遗忘

阳光在绿叶的缝隙中

被相对的月光

在农历八月深处

说出白昼的模样

那么冷

在于秋天的南方

鼻子的疾病

反复发作

一条江

烟雨形容韩江是俗世的唯美

我们上了船的时候，收起了雨伞

盛夏还有什么比这更恰当的剧情

我想象员水为名的节点

那是宋朝以前的"山海经"

它的存在并非文明垒砌起的证据

和老先生夸夸其谈的理所当然

继续浮在江中，雾雨氤氲

这是韩江，是今生的执着的河流

这是韩江，是谁的欲望

破坏其寂静带来此在的热闹

我们一船的人，对于沿岸

保留着自己的姿态，也存于历史

那些书本上认同的可能

真的也让我觉得骄傲于现时

那自然的美学，以及我们手机里

照片上取法于自然的我，或以此
坐在这以旅游之名义，独占城市
与乡村的景致
江中垂钓，远山层染，游人独乐
处于其中之种种
谁又忘却于人事
只是说笑，用尽了心思
获得了存在于飘浮之人事
他们说，雅
这个古老的习惯性口语
停留于感官，而我不怀旧
坐在烟雨里，我知道我们这一船
人们由心底里发出的感叹
也因为际遇了潮之州
记忆是不确切的十一点十分
我们就上岸谈及各自的趣味
风总在外面
一直都在外面，我们都为其命名

谁的本意

我甚至相信你的身体里住着
一个不自觉的灵魂
偶尔便会翻开前世画下的怨咒之花
以让我愉悦地忘却
有更加动荡不安的生活
你不知道这个世界来来往往的情绪
正如我迷茫和不解于
扭曲的眼睛
一直害怕光和色彩的存在
于是在清晨的朦胧里
大约只有雾能知道它的本身
明亮的事物总深陷于幽灵的使动

故事

他估计就停于，书本上的传说
也不去猜测盘古的力量和天地之物
他在地里，也让万物荒芜
存在糟糕透顶，内心却还有一点
某个山上头部的岩洞
哲思，或学问就是石头上树
生长新绿，又在望轮上
孩子圣洁，伴随着亵渎
列举这些暂时，作为永恒之想

偶遇

我并不是简单地

起床了

看着钟表的指向

我也并不复杂

天亮了

和所有的朋友

聊起轨迹

又聊奔跑的态度

食物的精致

摆设的海洋、陆地

想象

又谈及醉意

看列车奔驰在线上

在蓝天深处

奔涌于眼中的个人

和群体语言

又是外在风景

如你所愿，区别于

大街上眼中所犹豫着的

匠人

扼住了镜像的外部

门

把钟鼓都捣乱一遍
听你把热爱
陷入圈套

我请你
推开我的史书
讨论帝王、民生
关起来
又望见灯火
在他处盛开的假设

那么你进来
音乐定义着饭勺
准备满怀
真切的形状

桂花秋

那种香气
一定让你熟悉
季节

时间那种味道
让你混乱于
白得浓厚的颜色

你听见秋风
这个慈祥的老女人
拿着一把温情的尺子

你呼吸着被事物
填满的世界
陷于文艺的泡沫

智慧有若卑鄙

应该制造一些词
形容物质等同的肉身
也应该借一些话语
将深夜揭露出月色的裸呈
听风，预知的雨水啊
抵达静止的钟楼
不确定的是未见你
未听见
在这个内向的对面

边界

他们喜欢情色构建起来的墓穴磷火
我在墓地里安息
多了一个眷恋故乡草木茂盛的家伙
躺在隔壁的寸草不生

这个抱着在世酒醉的男人
说"坦坦人生，如火灭"
抱着情人，飘浮在空中妩媚地舞蹈

如镜中他者的脸庞
燃烧着屈从
和未知的黑暗

问

我的头发越来越少

照见的

温柔

祖国北部的高冷

南方的多情

还有台风

淤泥而下

伴着雷电交加

您再说出

听不见，说不出的

池塘

朝暮如斯

往后捋直光阴

再好好构想

风景的迁徙

方言之众生相

妙趣落实得有形

而无力

日常之中的一粒枣儿

拉开欲望的微笑

正当黑暗开始时

自认为外界不曾怀疑的

转世为一只鹤的双脚

和它的形神

人如偌大的厨房

混乱与迷茫

一锅炒面来诉说其

喧嚣的自私

最贫穷的月娘

白对红的认识

是超越血液的视觉

被遗弃的山神

竹笠一样遭受鄙视

得意之色如

听着三弦，看光线

在空气行走的轨迹

而活在潮州的方言里

我们竟如此

对事物报以微笑

或沉默

饱食终日

他直行于畸形的宇宙
暂且以肉眼所见
白天车马流动
他属于引力的对象
照顾着这个世界的生灵
那是因其属于黑夜
认同伤害的救赎
又否定语言
白天风在辩论
夜晚仿佛还有没停止的
电风扇，空调
和邻居对于领地的絮叨
夹杂着思考的灯光
我，喝了一瓶子味道
究竟还是会流走的
如这寂静里

和假装喝醉

纸折叠起生物的形状

蚂蚁哦

统一性

你原本对周边的建筑

有了特殊的好感

一栋楼屹立起来

他已经没有头颅

来适应构成的姿态

原本他只是想着

有一件东西本不属于彼此

彼此相约于晚年

我这样一个人

站在楼上和门口

存在的问题：是我们

单数相对于复数

孤影，窗外可望

望见辽远

又缩成了字面上的

两个江山

月娘

月娘起来

乡里安顿好唔闲的日间

孥仔在溪墘

洗一洗田底的趣味

大人坐在屋檐下

冲一杯夜茶

公嫲笑谈着

消耗清淡的时光

那些年

洋东的稻谷熟透了

乡里人

放下割稻用的弯镰

望着厝顶上的月娘

仿佛所有的美好

是俏皮的阿妹

是心适的姿娘

是叨叨念的阿姨

是虔诚的阿嫲

伊人亦是一朵朵

朴素的月娘

月华照亮的乡里人

从未提及

遭遇爱的忧伤

对往事用尽半生眷恋的

只有叫得亲切的

月娘

到此阵

乡里还没有诡谲的修辞

我确证过

存在着古老、笨拙的比喻

会照见诸多实物的阴影

起心动念

向来就非本意

我想念的月娘

在今夜

微笑着拭掉

那些耀眼

不安的颜色

折叠真相

愚人节

儒雅的城市偶尔会发出暴躁荒唐的嗓音，白色的牙

狼群出没于人性的山谷，跳出来站上冷酷的席台

我需要描述这种恶劣的天气，以及枯萎的善良

如果更近的距离，有更多的真实

我更愿在荒凉之地，瞭望大海的皮肤

看到船舶，致以光明的诗行

用啤酒里的古老时光，遥想灵魂中的真诚

让贪婪的春天在外面发生

我必须养成对夜的节制，必须清楚地看见

来自制约性的语言是不允许人在

音乐或是夕阳的树上行走的

把可以擦拭的灵魂，用肉体的假象保持清洁

任转动着的地球在他们的上方

犹如看着美国式的幽默，淡淡一笑

那么狼来了，有新的秘密

明镜论

统辖夜的窗外是撕破宁静的躁动
那些敬仰天空和仰望星辰的人们
更多存在静物的遥远
来临的或将来临的事物
仍在缩小其成为自然的可能
把词语放大一点，预防欲望的溢出
预防闪烁的灯打乱昼夜交替
余存的日子能得到两种时光
在黎明的水池旁与黄昏的杨柳下
夜空的存在，也应有其该有的可能

看落花

唯有月光坐得高远

说起上弦的昨天

斜躺着下弦的影子

我们交谈起新近的人事

犹如分享着时光

所有的琐碎构成

一地晚孕的沉默

那早已发生了的事物

只是你知道

植物的时间

暗地里发酵的统治

有时候泛滥着

更多故事发生于

人类那些景致

我真的就这样

独自一个人

写着与无他之境

拥抱着交谈的永垂不朽

如绝望回头

与最亲爱的夜空

说声晚安的缥缈

现在

准备好烟灰缸，灯光有些强烈
有好些往事都在天花板上游荡
黄昏被说出时间的秘密
我坐着迫使自己停下来
再也不获取幸福，沉醉晚风的妖娆
我摸摸自己的脸，可让人世遗忘
像一撮陌生的落叶，任其荒芜
到了尽头处，我就不会回头去看
折叠真相的落寞和悲凉

变调夹

把一些带着藤蔓的思想戒除，对一些人和事：
对清晨路口姑娘的爱慕，傍晚乞者的同情
和酒桌上的言语，以及那些青春持续着梦想的遗憾
——任由季节的气味去寻找合适的花木与果实
让这个年纪的爬行顺应跌宕，并习惯起伏的人间
一个在路上歌唱，不再使用复杂的和弦
虚伪的悦谈，不听使唤的风雨皆是恰当的琴瑟
这是因为所有的占有，不是风景本身的意愿
本来迫使你的四壁，是肉身错觉的行为
终有一日，克制会成为真正的自由并持续得到赞美
有更多规则，有更多的主义势必生长。原则
只是默认了的谎言，并试图在城市的文明的旗帜下
偏向于爱、执着于欲，以及集体地奔跑着的混乱
我已追不上构筑起来的建筑器具
只修剪去对新生的期待，以防日久生腻的惩罚

陌生蓝

我想起一些梦幻的堤岸，在夏季海浪会拍出
他者的喜悦，大海的腹部一定有其秘密的动荡
时光变质的岩浆，烧得通红是生命多情的脸
我欣喜眼前存在的余热，又悲伤于桑田之沧海
至于情节或许历史真实存在过的美好
那些拾掇过的贝壳、沙子，还有浪花忧郁
暂时停留于镜头之间，最终也会失去主题
逐渐在某个人身上失去意义
我们把时间交给了未来，笑声陷入身体的深渊
——勾画起这些色彩，航船漂浮着短暂的偶遇

D7573

平原的田野，房屋是平常的
让人落寞的动车服从每一个遥远
让窗外的山水飞奔着

工厂，铁轨，高压电
以及 5G 网络的复杂所汇聚的
让预谋不再有长久的前置

我们正如这一切风景
和事物的存在，而以人的名义
被定义或者定义他者
专注于过眼的云烟
似乎也有其超越平常的速度

请别与人为敌，或者占有
更多角色的成功，从他者那里获得

都如窗外的时间所远离
潮汕站到了，一个女人的声音飘浮着
失去想象的可能

我下车又抽了一根烟
旅行箱匆匆地滚动着的轮子
也来不及对自我观念之外的嫌弃
我终于也不用再思考什么了
低头看路
影子还存在于午后的阳光

列车又出发了
车上的人各自看着他们的风景
只是他们自己的
漫长，飞逝空洞如闪电
思想，有时候也会为外貌所惑